Bali

va chez Nanou

– À Margot, amie de Bali.
M.

– À Louen, Morgane, Sylviane et Philippe.
L. R.

www.editions.flammarion.com
ISBN : 978-2-0816-3296-7 – N° d'édition : L.01EJDNFP3296.C004

Magdalena

Bali™

Laurent Richard

va chez Nanou

Père Castor ■ Flammarion

Aujourd'hui, Bali va chez Nanou.
Bali met son doudou et ses chaussons dans son sac à dos.

– On y va ! dit Papa.

Quand Bali arrive chez Nanou,
il se cache derrière Papa
pour faire peur à Tamara.
Quand Nanou ouvre la porte,
Bali fait BOUH...
Mais Tamara ne crie pas !
– Tamara n'est pas encore là, dit Nanou.

En attendant que Tamara arrive,
Bali fouille dans le panier à jouets, avec Bébé.
Bali prend la voiture, Bébé veut la voiture.
Bali prend le robot, Bébé veut le robot.

« C'est mieux avec Tamara.
Bébé est trop petit », pense Bali.

Bali n'a plus envie de jouer.
Il préfère faire un câlinou
sur les genoux de Nanou.
Mais Bébé n'est pas content du tout :
il est jaloux...

Quand on sonne à la porte, Bali s'écrie :
– Voilà Tamara. Hourra !

Tamara est enfin là. Elle dit :
– Tu m'attraperas pas, nanana...

Bali court après Tamara,
il est content.

Bébé rit en les regardant !

Plus tard, c'est Tamara qui court après Bali.
Patatras !
Bali se prend les pieds dans le tapis et tombe.
Bébé rit, mais Bali pleure.

Comme Bali pleure, Tamara pleure aussi.
– Oh ! là là ! dit Nanou en les consolant,
j'ai trois bébés aujourd'hui !
Je vais préparer trois biberons pour midi,
et garder les saucisses et les frites pour moi !

– Ah non ! disent en chœur Tamara et Bali.
On n'est plus des bébés, c'est fini.

Mais voilà que Bébé pleure à son tou
– C'est l'heure de manger ! dit Nanou
Bébé veut son biberon, on dirait !

Imprimé en Espagne par Edelvives en mai 2012 – Dépôt légal : mars 2008
Éditions Flammarion – 87, quai Panhard-et-Levassor – 75647 Paris Cedex 13
Loi n° 49-956 du 16 juillet 1949 sur les publications destinées à la jeunesse